W0375660

Werner Laubscher

Das geheimnisvolle Bordcase und andere Kriminalgeschichten

Werner Laubscher

Das geheimnisvolle Bordcase und andere Kriminalgeschichten

[illegible]

PLÖGER
VERLAG
GMBH

Die Deutsche Bibliothek – CIP-Einheitsaufnahme

Werner Laubscher : Das geheimnisvolle Bordcase und andere Kriminalgeschichten / Werner Laubscher.
– Annweiler : Plöger, 1998
ISBN 3-89708-108-3

Die Publikation wurde durch das Ministerium für Kultur, Jugend, Familie und Frauen in Mainz gefördert. Dafür sind Autor und Verlag dankbar.

ISBN 3-89709-108-3

Umschlaggestaltung: Gerd Meussen, Essen
Gesamtherstellung: Annweiler

Inhalt

Das geheimnisvolle Bordcase

Hier, ein Geschenk, sagte Leodor, Leodor Meshnikeff, Sohn eines aus der Ukraine eingewanderten Maisfarmers, der in geheimem Auftrag in die Staaten, Spitzeldienste, kleine Spengungen undsoweiter, und mit Anne Strettonham, ehemalige CIA- Agentin, einen Sohn, Leodor, Jazzgitarrist, Taxifahrer, gelegentlich auch als Tellerwäscher, Jahrmarktboxer und Aushilfskellner tätig, ein Geburtstagsgeschenk!, sagte, für dich!, und wuchtete Nina ein Bordcase vor die Füße, Nina Sforzagarrotti, Tochter sizilianischer Einwanderer, eindeutig nachzuweisende Verbindungen, er, der Vater, zur amerikanischen Cosanostra, schien Nina ungehalten, warum hast du es noch nicht geknackt?, fragte, mit schriller Stimme, während die Sirene eines Polizeistreifenwagens in geschäftiger Nervosität sowie eilige Schritte zu hören und gleichzeitig Sergeant Harley es rieche nach Spaghetti mit Parmesankäse, besonders aber dringe durch das Viertel der scharfe Geruch von Knoblauchsoße sagte, und zog einen Colt und an einer Zigarette, die er sich zwischenzeitlich angezündet hatte.

Aus, aus, – aus, – gestorben!, – gestorben die ganze Szene!, rief Anthony Benninghouse, Regisseur, gelegentlich auch als Skriptschreiber und als Kameramann bei der United Pictures Corporation Limited tätig, mit Sitz in Las Altas, California, aus, – aus, Schluß!, total verzeichnet, die Charaktere, Harley ist Kontaktmann zum kolumbianischen Drogenkartell, das muß deutlich rauskommen, Nina ein ganz unschuldiges Ding und so, keine Ahnung von den Beziehungen ihres Alten zur Cosanostra, Leodor viel eleganter, gerissener, und dann paßt mir, – also hört mal her, daß alles ausgerechnet am Geburtstag von Nina, wird ne Menge Leichen geben, das können wir so nicht lassen, der Geburtstag muß raus – alles nochmal also, und ein wenig mehr Ruhe in die Szene, es muß knistern, nicht poltern, ihr wißt schon, wie ich meine.

Sieh mal, ein Geschenk, sagte der gerissene Leodor, mit eleganter, sich einschmeichelnder Simme, Leodor Meshnikeff, Sohn eines in geheimem Auftrag in die Staaten, Spitzeldienste, kleine Spengungen undsoweiter, der mit Anne Strettonham, die ehemals für den Secret Service und den CIA, später als Doppelagentin auch für den KBW, einen Sohn, Leodor, Privatdozent, gelegentlich auch als Prediger und Plakatmaler tätig, ein Geschenk, sagte, für dich, und stellte, während er mit flinken Augen im Raum und eleganter Verbeugung ein Bordcase vor Nina, Nina Sforzagarrotti, Tochter sizilianischer Einwanderer, nicht eindeutig nachzuweisende Verbindungen zur amerikanischen Drogenmafia, von denen sie, die Tochter, nicht die geringste Ahnung, schien hocherfreut, woher nur wußtest du?, fragte, mit samtener Altstimme, während ein Polizeistreifenwagen gemächlich, sowie behutsame Schritte zu hören und nach und nach Sergeant Harley, es rieche nach Spaghetti mit Parmesankäse, besonders aber dringe durch das Viertel ein zarter Geruch nach Knoblauchsoße und zog einen Colt und an einer Marihuanazigarette, die er sich zwischenzeitlich angezündet hatte, gute Ware!, in den vor Spannung knisternden Raum sagte, aus Kolumbien.

Aufhören, Schluß aus!, rief Anthony, Anthony Benninghouse, Regisseur, Skriptschreiber und Kameramann bei der United Pictures Corporation Limited mit Sitz in Las Altas, California, aufhören, das ist Schnulzen- Kino!, wo bleibt der Sex?, mehr Sex, wenn ich bitten darf, und laßt mir die bescheuerten Alten, den alten Meshnikeff, die Strettonham und den sizilianischen Papa mitsamt der sizilianischen Mamma, ist doch auch wahr, – vierte Szene, die dritte, Action!

Ein Verlobungsgeschenk, sagte Leodor, mit vor Begierde hechelnder Stimme, Leodor Meshnikeff, für dich, und stellte, während er mit geilfunkelnden Augen, aber eleganter Verbeugung ein Bordcase vor die steilbusige Nina, Nina Sforzagarrotti, halbnackte Tochter sizilianischer, nicht mehr auffindbarer Eltern, oh, Leodor!, hauchte, mit orgiastisch- samtener Altstimme, während ein Polizeistreifenwagen gemächlich, sowie behutsame Schritte zu hören und nach und nach Sergeant Harley, Kontaktmann zur kolumbianischen Drogenmafia, es rieche nach Spaghetti mit Parmesankäse, besonders aber dringe durch das Viertel ein unüberhörbares Lustgeschrei und zog einen Colt und an einer Marihuanazigarette, die er sich zwischenzeitlich anzündete, gute Ware!, in den vor Spannung knisternden Raum sagte, wollen Sie mal einen Zug, mein lieber Benninghouse?

Moment mal, rief Benninghouse, Regisseur, Skriptschreiber und Kameramann bei der United Pictures Corporation Limited mit Sitz in Las Altas, California, stop!, nicht schlecht soweit, aber sollten Leodor und Nina nicht vielleicht doch besser, – einfach rausschneiden, weg, und Harley ohne Colt dann natürlich, geht das klar, Harley?, vierte Szene, die vierte, ohne Colt, Action!

Oh, ein Geschenk, das geheimnisvolle Bordcase, sagte Harley, Sergeant Harley von der Polizeistation Las Altas, California, Drogenfahnder, gleichzeitig Kontaktmann zum kolumbianischen Drogenkartell, ein

Geschenk des lüsternen Leodor!, dessen Eltern, europäischer Herkunft beide, so Harley weiter, unter mysteriösen Umständen, wie er ermittelt hatte, das geheimnisvolle Bordcase, sagte, mit doppeltem Boden, und Nina, Tochter sizilianischer, von der amerikanischen Drogenmafia vermutlich, nicht mehr lebender Eltern, halbnackt und tot auf dem Sofa, oh, Leodor!, gerade noch hatte ausrufen können, mit orgiastisch- samtener Altstimme, als zwei Schüsse und tot wie sie auch er, Leodor, auf den Boden sank und Sergeant Harley, es rieche nach Spaghetti mit Parmesankäse, besonders aber dringe durch den Raum der Geruch von zwei Pistolenschüssen und nahm rasch das doppelbödige Bordcase an sich, während er an einer Marihuanazigarette, die er sich zwischenzeitlich angezündet hatte, gute Ware!, in den vor Spannung knisternden Raum sagte, aus Persien, wollen Sie mal einen Zug, mein lieber Benninghouse?

Anthony Benninghouse, Regisseur, Skriptschreiber und Kameramann bei der United Pictures Corporation Limited, Scheinfirma eines iranischen Drogenrings, mit Sitz in Las Altas, California, der, ohne von der Kamera aufzublicken, und nun aber ganz ruhig, Harley!, das geheimnisvolle Bordcase langsam in Richtung Kamera schieben und den Colt immer hübsch in der Tasche lassen!, sagte, während er durch den Objektivsucher sieht, wie Harley, im Zoom immer kleiner werdend, mit seiner Hand nach dem Colt in der Tasche, bevor auch er den Boden sucht.

KRIMINAL-TANKA I

Auf dem Marktplatz schlafen heut
die Tauben so seltsam. Mit
Beinen nach oben.
Hinter den Säulen versteckt
einer sich kichernd.

Es war an einem Morgen
in der Maienzeit
da sangen alle Vöglein
das schöne Liedchen:
Albert du am Eichenast.

Die Wandervögel ziehen
durch die grüne Welt
in einem kühlen Weiher
sehn sie wie was schwimmt
und fangen an zu kotzen.

Gibste mal ne Mark?
Hau ab du mach die Sause
arbeitsscheuer Typ!
Dann gibt es Rettungswagen
und Arbeit für Chirurgen.

Die Schwalben ziehn von dannen
haben viel gesehn
Jörg den erschlagnen Bauern
Klärchen seine Magd
und ihr erdrosseltes Kind.

Rück die Kröten raus!
schrie er Tina an. Besser
er hätt geschwiegen.
Nun liegen die Moneten
in seinem roten Blute.

Verdächtig langsam nestelt
Corinna
an ihrem Büstenhalter
beutelweis
fällt Koks raus.

Einer hält sich fest
am Tresen
was Giftgrünes schwappt
im Trinkglas.
Gleich fällt es.

Seine letzten Handgriffe:
Wasser einlassen
Badesalz hineinschütten
dann kommt der Fön rein
jetzt probeweis umrühren.

Ein Mann mit Tätowierung
wurde gefunden
auf seinem Dingda steht was
nur bei Erektion
zu lesen. Der Mann ist tot.

Alfonso hör auf
mit Revolvern zu spielen!
Padre ich spiel nicht!

Prachtvoll war das Fest
in Strömen floß der Sekt. Nun
liegen Leichen rum.
Festgenagelt auf dem Tisch
das Schnitzel in einer Hand.

Ins Hafenbecken fällt was
kurz nur macht es: klick.
Taucher die im Trüben stehn
sehen meist nicht viel
auch nicht im Schlamm die Schlinge.

Sommerwolken ziehn
über Feld und Flur und Wald
und über noch was
man hatte ihn nie vermißt
den geilen Förster im Laub.

Großzügig alles
Blumen marmorne Putten
Palmen ein Whirl- Pool
in dem Banknoten wirbeln
ein Toter der in Geld schwimmt.

Der Besuch der Polizei
kam ihr höchst ungelegen
auf dem Diwan lag
offnen Augs nackt ein Kaplan
in Leichenstarre.

Das Schleppseil zerriß
er spürt´s an dem Ruck setzt an
zu einem Looping.
Da sieht in freiem Falle
er den Rivalen segeln.

Zwölf Meilen bis zur Grenze
Billyboy gib Gas!
Aus deinem Fluchtfahrzeug rinnt
eine Flüssigkeit!
brems Billyboy! Aus- das wars.

Crash. Kaum Tote. Nur
einer mit Sonnenbrille
liegt auf der Bahre.
In seinen Koffern Haschisch
in seiner Schläfe ein Loch.

An den Drei Zinnen
stürzt – ich seh das voraus – die
ganze Seilschaft ab
sagt ein Mann zu einer Frau.
Sie warn daheim geblieben.

Der Kerl vor ihr trug ein Totenkopfgesicht
und da schrie
die Dame im weißen Kleid Brust- Decolleté
à la mode
dernier cris.

Silberwölkchen stieben hoch
er meint zu fliegen
während er daliegt
und lächelt- ein letztes Wort
und der Beamte nickt. Gift.

Jäh dreht er sich um.
Am Nachbartisch im Café
hört er ein Flüstern
„...besser wär Strangulieren...“
konnte er noch verstehen.

Dank für die Pilze
eigenwilliger Geschmack
eine Rarität.
Das Telegramm kam nie an.
Die Kripo tappt im Dunkel.

Mit Gänseblümchen
in der Hand rennt Klein-Evchen
froh in die Küche:
Mammi schnell im Gartenteich
spielen Frösche mit Papi.

Ein Zoobesucher
eingeschlafen auf der Bank
der Parkanlage
auf dem linken Oberarm
schläft eine Schwarze Witwe.

Plötzlich ein Frösteln.
Der Freund betritt die Villa.
Kühl der Bruderkuß.
Einer weiß nur was geschah:
schauerlich heult der Hofhund.

Sie sehn noch
wie ein Drahtseil sich aufdreht
im Schneegrund
dustre Gestalten winken
vorm Aufprall.

Dort   aus jenem Rohr
fließt giftgelb eine Brühe
in den Wasserlauf
er klickt – das ist der Beweis!
dann kommt ein Jeep auf ihn zu.

Schabbu rommedann
remme dasse heegridüük
sagte der Dichter
tief in seinem Sprechzentrum
stak das Projektil.

Er war ein Scheusal von Chef.
Als er Mist machte
gaben sie ihm einen Tritt
und ließen ihn drin liegen:
Scheiße zu Scheiße.

Eine gute Erfindung
so ein Hubschrauber
bringt Verletzte ins Spital
sofern das Seil hält
und es nicht durchreißt – leider.

Der Polizeichef ist tot
er starb im Bette.
Nun wird zu Grab getragen
alle tief erschluchzt
die Mafia besonders.

Welch großer Meister
schwärmt Herr Melchert begeistert
wirklich ein Gewinn!
überm Arm einen Mantel
darunter ein echter Klee.

Das Haus ist zwar hin
doch der Brand ist besiegt. Hoch
dem tapfren Anton!
Bis bald dann! sagt er vergnügt
warum wird er schon wissen.

Er sei Schiedsrichter
beim Fußballmatch Kreuzritter
gegen die Stasi.
Im Waldschwimmbad. Sagte er
und schoß aus allen Rohren.

In seinem Hotel
schreit der Geheimagent auf –
war´s ein Orgasmus
oder E-sechshundertfünf
oder ein Schuß in den Bauch?

Die Möwen lachen
als hätten sie was gehört
von ewiger Lieb: –
das war ihnen wirklich neu
und ankern auf der Leiche.

Wieso säuft ein Surfer ab
der so schön surfte
durch pazifische Fluten!
Er war der Beste!
Sein Freund war andrer Meinung.

Besitz von Waffen verführt
damit zu üben
Herrn Olp zum Beispiel
der auf den Schatten zielte
den nächtens seine Frau warf.

Das Endergebnis
der genetischen Sperma- Analyse
wirft die Frage auf:
Warum wirkte der Herr Oberstaatsanwalt
plötzlich so nervös?

Informieren Sie sofort
die Mordkommission
über die schwere Bluttat!
Oh Gott stöhnt der Knecht
da hab ich wohl Scheiß gebaut.

Wie er das Messer ansetzt
beim Fleischwurstschneiden
ruft die Kripo auf den Plan:
Sind Sie der Schlachter?
Dann folgen Sie uns bitte!

Mir gehören Land und Vieh
alles – und auch dich
Mutter hat er mir vermacht
und knallt auf den Tisch
das Testament des Alten.

Der Po und dieser Busen
Herr Vorsitzender! –:
auch Sie kamen nicht umhin
mit Ihrem Auge
zärtlich drüberzustreicheln.

Mit großer Geste
überreicht er der Lady
eine Daturablüte
und so wie sie träumt
raubt er sie aus: Bis aufs Hemd.

Ein langes reiches Leben
wünscht der Plastikfabrikant
dem jungen Brautpaar
doch unter Plastiktüten
lebt es sich nicht lang.

Dreißig Jahre Knast
tausend erdachte Morde
da trifft es sich gut
dem einen zu begegnen
dem sie zugedacht waren.

Ein Drachensegler segelt
über Berg und Tal
einen Farbfilm möcht er drehn
mit Gräben Depots
und buntgestrichnen Panzern.

Wenn Worte töten könnten
denkt er voller Grimm.
Er holt die Zeitung und liest:
Stadtrat unter Mordverdacht!
Dann wirkt das Strychnin.

In einem schwarzen Umhang
steht er auf dem Dach
bereit hinabzufliegen
erwartet nur noch
jenen sanften Ruf: BATMAN!

In der Sakristei
am Boden die Soutane
und schrille Schreie
mißbrauchter Ministranten
ab heute im Internet.

Im schönsten Wiesengrunde
steht ein Haus
einst gehört´ es dem Vater
bald brennt es
lichterloh.

Meine geliebten Alpen!
rief der Fuhrknecht aus
und blickte hinab ins Tal
sah Blech hinter Blech
dann band er das Langholz los.

Der Coup war geglückt
die Schließfächer alle leer
nur ihn hat´s erwischt.
In Las Vegas stoßen sie
mit Champagner auf ihn an.

Heftiges Klingeln
das letzte Geräusch der Nacht
dann nur noch Stille.
Auf den Treppenstufen liegt
erwürgt ein Krimi- Autor.

Landwurst im Marzipanmantel oder: Über das Verschwinden von Balthasar, Melchior und Kaspar

1

Haben Sie vielleicht drei Gestalten im Nebel gesehen? Sie haben schwarze, viel zu lange Mäntel an und tragen drei schwere Taschen.Sie kommen aus Bethlehem. Und sie werden von der Polizei gesucht. Balthasar, Melchior und Kaspar.

2

Ein kalter Samstagmorgen im Dezember. Überm Land liegt grau der Nebel. Leer scheint alles zu sein. In der Stadt aber ist schon Leben. Menschen sind unterwegs, Kinder lachen und jubeln, ihre Augen leuchten. Weihnachtsmarkt in Hemsdorf. Es riecht nach Glühwein, nach Bratwürsten und Räucherstäbchen, Kerzen und Lebkuchen werden verkauft, Glaskugeln, Marzipan, süßes Zeug und Geschenke. Aus den Lautsprechern hallen feierlich Weihnachtsweisen über die Hauptstraße: O Jesulein süß, Was soll das wohl bedeuten? und: Wir wolln das Kind anschaun. Langsam fährt eine Polizeipatrouille durch die Menge. Zwei Gestalten wanken über die Straße in schwarzen, viel zu langen Mänteln. Ab und zu bleiben sie stehen. Suchen in ihren Taschen. Holen eine Flasche Klaren und nehmen einen Schluck. Dann bewegen sie sich wankend weiter. Sie haben einen sitzen. Da deutet der eine auf ein großes Gebäude hinüber, ist hellwach plötzlich. Etwas hat ihn angezogen. Du, Melchior, halt mal an! Auf einer

Betonaußenwand sieht er was leuchten. Seriell. Ein riesiger Goldstern und eine rote Schrift: Frohe Weihnacht! Und jetzt eine blaue Schrift: Privatbank Dr. Beethle-Hemsdorf. Eigentlich blöd, sagt Melchior, was hat der Bänker bloß in seinem Kopf gedacht?,- ist ja schwer krimimell! Wie bitte?, entgegnet Balthasar, mir gefällt das gut, mir wird endlich mal so richtig froh zumute, verstehste denn nicht warum? Mannomann, Melchior, das liegt in der Natur des Textes! Dann verschwinden sie in der Glashalle des Bankgebäudes. Keiner hat sie gesehen.

3

Herr Kindermann sitzt in der Halle des Bankgebäudes. Und findet keinen Gefallen daran. Ihm ist nicht wohl, sein Kopf ist leer, er kann nicht mehr klar denken, helle Sterne tanzen ihm vor den Augen. Und ihm ist kalt. Ein schweres Leben. Und ein blödes Leben. Samstagsarbeit. Und das im Dezember. Vor Weihnachten! Der würde einen doch glatt mitverkaufen. Beethle, mir langts jetzt! Kindermann – Herr Kaspar Kindermann- ist Angestellter bei der Privatbank Dr. Beethle, er ist gerade dabei, seinen Mantel zu holen und das Betongebäude abzuschließen. Die Polizei-Wachpatrouille ist ja auch schon weg, sagt er sich. Da sieht er zwei Gestalten die Halle hereinwanken, ziemlich laut, ziemlich blau. Menschenskinder, was seid denn ihr für Flaschen!, ist ja kriminell! Hinaus mit euch auf die Straße und in die Stadt, wo ihr hingehört, ihr Lebkuchen- Wurschtel, sagt er anzüglich. Wohl zuviel Rotwein getrunken, benebelt wie ihr seid, verschwindet jetzt! Aber plötzlich!

Langsam, langsam, entgegnet Balthasar, und der andere, Melchior, sagt sehr bedeutend: Mal ganz privat, Süßer,- willste ´n Schluck? – und jetzt Klartext: Wir sind zwei Weisen aus dem Morgenland, das kannste schriftlich haben, das liegt ab und zu in unsrer Natur, verstehste? In unseren Taschen haben wir so´n Zeug, Weihrauch und Manna, wir wollen nach Bethlehem, den Beethle wollen wir anschauen, ihm was schenken und ihm zujubeln, – dem Jesuskindlein, nicht dem Beethle!, ruft Balthasar, – richtig: dem Kindelein- haste kein Glühstäbchen?- und jetzt brauchen wir noch einen dritten Mann, den mit dem Gold. Könnste das bitte mal suchen? Kaspar Kindermann hat einen Klaren runtergeschluckt, ihm ist schwarz geworden vor den Augen, dann noch einen, einen weiteren und dann einen ganz langen und jetzt endlich versteht er. Und er beginnt zu lachen. Und dann beginnt er nachzudenken, glasklar: Gut, sagt er, ihr gefallt mir, ich mach mit, dem Beethle werden wir eins heimleuchten. Eins überbraten werden wir dem! Na, dann beweg dich, sagt Melchior. Werd nich feierlich und nimm die Taschen mit! Wenn de kein Gold mehr hast, holste halt was anderes: blaue Scheine und rote Riesen, jede Menge, hauptsächlich in D- Mark, aber keine Serien- Scheine! Und keine Marzipan- Kugeln und keine Kerzen!, ruft Balthasar ihm wegen der Natur des Textes nach.

4

Hauptwache Hemsdorf. Die Polizeiangestellten feiern im Schein von blauen Kerzen. Weihnachtssterne erglühen. Es gibt alles: kalten Braten, Lebertaschen, geräucherte Landwurst in süßem Marzipanmantel und jede Menge Langusten. – Jesses, sind das schwere Schluckriesen, Kinder-Kinder, ist ja kriminell, sagt einer. Dazu Kuchenplotze und anderes. Alles privat eingekauft. Oder geschenkt. Einige Flaschen Rotwein und Klarer, Marke „Morgennnebel", sind schon leergetrunken. Nun fangen die Männer mit Jubelweisen an: Was soll das bedeuten, es leuchtet ein Stern... , man kann den Text nicht immer gut verstehen, einige kugeln sich schon vor Lachen, sagen Anzügliches, und die Männer von der Patrouille wollen jetzt was erleben. Plötzlich sind Serien von roten Leuchtkugeln zu sehen, ein Lautsprecher hallt laut: Überfall auf die Privatbank Dr. Beethle! Balthasar und Melchior, zwei ruchlose Gestalten, haben den Bankangestellten Kaspar Kindermann mit einer Flasche Klarem kaltgestellt. In ihren Taschen jede Menge Gold und Scheine! Die Polizisten Nebelwein, Immermann und Schwarzkopf. Jawoll. Langsam zum Stadtmarkt, dann weiter in die Straße des Zweiten Dezember. Alles anschauen. Alles untersuchen! Polizeiangestellte Leermut und Plau, Sie gehen hinüber in die Glasstädter Landstraße. Nicht weiter. Dort stehenbleiben. Jawoll! Liegend!! Jawoll. Rothohl, Weiterskind und Sammesdag, – zum Denkweger Eck, dort Halt, dann plötzlich von außen auf das Bankgebäude zu, aber richtig! Und keiner unterstehe sich, zu rauchen! Jawoll. Polizisten Großkopf, Wändler und Morgenrot, patrouillieren Sie durch Schriftlingen-Kerzenheim bis zum Gut Kauffendorf, Wanklinger, Wohlleb und ich stehen unter dem Goldkreuz. Ihr seid noch nicht unterwegs?- dann aber plötzlich! Und Bewegung bitte! Jede Menge Polizisten auf den Straßen, Patrouille nach Patrouille, Balthasar, Melchior und Kaspar auf einer Betonbank, weit weg von Menschen und Polizisten. Sie jubeln innerlich, möchten kopfstehen, können sich nicht halten vor Lachen, – blöde Polizisten! Ab und zu war noch einer zu sehen, – jetzt ist keiner mehr in den Straßen. Ist alles klar?, sagt Balthasar. Natürlich, alles klar, entgegnet Kaspar. Dann verschwinden sie in der Menschenmenge des Weihnachtsmarktes auf der Hauptstraße von Hemsdorf.

5

Samstag ist längst vorbei. Schwarz ist alles. Dezemberkälte liegt über Land und Stadt. Keine Menschen, die etwas kaufen, keine lachenden Kinder mehr zu sehen. Sterne leuchten in Leere. Hemsdorf ohne Weihnachtsjubel. Drei Gestalten liegen auf ihren Mänteln, eine einzige Kerze leuchtet. Einer holt eine Flasche Klaren aus der Tasche, nimmt einen langen Schluck. Balthasar. Menschenskinder, ist mir unwohl, sagt er, es ist zum Weinen. Und schluckt ab und zu. Wir sind verkauft! Und morgen, – was dann? Morgen sitzen wir auf der Polizeiwache, sagt Kaspar. Und Melchior: Verkauft und verbraten. Was haben wir nicht alles eingekauft, – kriminelles Zeug!, aber unsre Scheine gehen nicht weg! Gekauft und gekauft-: für einen einzigen Riesen und ein paar Mark und Heller. Und die Taschen sind immer noch voller Gold und voller Scheine. Für mich gabs immerhin einen langen, schwarzen Mantel, sagt Kaspar. Und alles andere ist Blödzeug! Glückskerzen, Polizisten aus Marzipan, die ganz natürlich tanzen und plötzlich stehenbleiben, eine Stadt mit Gebäuden aus Lebkuchen, süße, schwere Schluckwürste, jede Menge Räucherstäbchen und Geruchskugeln, einen Lautsprecher mit roter Außenbeleuchtung, und so´n Zeug. Nicht mal zum Verschenken gut genug. Ich will das nicht verstehen, sagt Balthasar. Die Taschen voller Scheine und weiter nichts, kannste dir sowas ausdenken?, Mann, – mir fällt noch ne Wand auf den Kopf. Und Melchior: Als ich mir was zum Anziehen kaufen wollte, – wie blöde der Mensch mich angeschaut hat! Ich solle mich bitte an die Natur des Textes halten, entgegnete der, und deutet auf ein Jesuskind aus blauem Glas, – gutes Geschenk, so sagte er. Kaspar sieht hinüber zu dem großen Gebäude, wo noch immer in blauer Schrift zu lesen ist: Privatbank Dr. Beethle, Hemsdorf. Nein, das war nicht sehr weise von uns. Schritte hallen plötzlich durch die Hauptstraße. Die Polizei- Patrouille, sagt Kaspar, – was tun? und Balthasar, feierlich: Wir gehen jetzt alle drei durch die graue Nebelbank, die sich über die Hauptstraße zum Markt bewegt und verschwinden, ganz langsam, aus der Natur dieses seriellen Textes.

KRIMINAL-TANKA II
TODESFÄLLE IN DER OPER

Da liegt sie mit Pralinen
vergiftet grausam
wie sie Tag für Tag übte
der Nachtkönigin
schrille Arien- Rache.

Im ersten Akt: rein garnix
im zweiten: nicht viel
dann endlich gings richtig los
nur wenige sind
lebend davongekommen.

Poppea
umwerfend
ihr Sopran hat Nerone
ihr Messer
den Seneca umgelegt
die Kripo
ermittelt.

Man müßte ihn einkerkern
ihn foltern
steinigen sollte man ihn
die Kehle
durchschneiden
im Namen der Gerechten
ihn quälen
den Bart sollt man ihm scheren
und Gifte
ihm geben
und Schweinefleisch zu fressen
dem Osmin
diesem Hund.

Gleich im ersten Satz
bei der Kadenz kippt der Solist plötzlich um.
Tot. Das Herz. Seltsam
wie brillant die Geigerin vom letzten Pult
den Solo- Part übernimmt. Niemand merkt was.

Festakt zu Ehren des Herrn Präsidenten
der sitzt schon in der Loge
ein verspäteter Geiger
huscht rasch noch durch den Eingang
seltsam lang und schmal ist sein Geigenkasten.

Er spielte viele Rollen
mit Bravour
die letzte spielte er nicht:
als Statist
zu leben.

Der Taktstock tänzelt
Walzerseligkeit voraus.
Das Publikum staunt:
Wie denn? – Brahms mit Cembalo?
Boshaft grinst der Notenwart.

Unfall. Alles Schrott.
Ein Schweißer schweißt sich voran
der Fahrer halb tot
nur das Radio
bringt noch Chorgesang:
Claudio Monteverdi
„O immagini belle!“

Ein länglicher Diener durchfloß den Raum oder: Rock´n roll rückwärts.

Das Prinzip besteht darin, in einer hellen, klaren Winternacht, im Rock´n- roll- Schritt rückwärtsgehend zu verschwinden.

W- w-was mußten Sie damit sagen wollen? – die Stimme des Kastraten – d- d- da fällt mir nichts zu- zu ein.

Alle standen im Salon, ebenso in hellerleuchteten Abendkleidern. Einer, der zusammen mehrere Portionen angehäufelt hatte seine Mütze, wobei er lacht, ins Gesicht hinein, einer mit weißem Janker und Wildblumen- Batikhemd, der mit Konfekt den leeren Voll gestopft hatte, geht hinaus, rückwärts, im Rock´n roll-Schritt, einer mit umgestülptem Schlapphut, ein Senne aus den Bergamasker Bergen, auch ist die Brille äußerst seltsam sitzend ihm zu groß und abrutschend, schreitet er aus dem Portal, ein Gehgeiger voraus.

Nie sah man Nora so beeifert: Bitte, hören Sie nur, was die schnurrende Miss Pettersen mit ihren schönen Augen verstreut hat!

Im hereinfallenden Licht, durch das nächste Zimmer gesehen, der Flur ganz in Weißgrau, grau die Türen, weißgraue Schatten, drinnen gestreiftes Graublau, einer, Locken, grauer Langbart, und Jetonklimpern, ebenso Miss Pettersen, glitzernd übersäht.

Auch die Besucher trugen erheblich unlesbar Duftgeblümtes dabei, während sie nun rückwärts gehen im Rock´n roll- Schritt. Ein länglicher Diener durchfloß den Raum. Kein Einsatz?, schnurrt Miss Pettersen.

Was da zuhanden?, welche Geräusche?, wahrzunehmen irgendeines Kastratenmusik, Katzen mit veränderter Stimme, Geruch nach kandiertem Konfekt? Lautlos, die Klinke und zack,- schon ins Zimmer zu begehen er bedurfte. Van Gacheren.

Er trägt Bärtchen unter der Nase, locker geklebt, und geht auf Treppen gerne schleichend und um sich schauend. Darf ich reinkommen?, Sie warten Gäste?–, hähä?

Fälligerweise kam die schnurrende Miss Pettersen glitzernd übersäht. Dem Herren mit dem hindeutenden Teil würde sie ein paar von den varianten Tricks klarmachen, daß dem die Fassade kurz vor dem Prall!, wie auf Verabredung sprang sie ihm in den Nachtblick. Sie vielleicht doch lieber einen anderen Beruf?, zitscherte sie, Glas und Chrom und Tische zittern, während sie rückwärtgeht im Rock´n roll- Schritt, und gab ihm noch ein zuckend Doppel drauf, wenn sie ihm, dem geborenen Etagenkellner, herablassend einiges von Jetonmünzen zusteckte.

Unterdes war van Gacheren genügend sortiert. Überall nach Konfekt roch es, das er des parfümierten Namens sich· absichtsbewußt nicht bewiesen haben hätte. Er räusperte sich.

Eine Sektansammlung, unverdaut hinterlassen, nahm er ein paar Schlucke.

Irgendjemand verdrehbarsten Dreck abzugeben hatte!, einleitete er die Spukgeschichte und packte eine Handvoll Schrillworte in Spanisch.

Wollen Sie mich beffen?, schnaubte Miss Pettersen unleserlich, Sie Weltenwuchter! Schwer atmend kippte sie, gezeichnet von zuckender Entbehrung, einen Cognac, während sie rückwärts im Rock´n roll- Schritt, in ihren Augen Tränen, welche ein wenig abrutschend.

Welch wuchtigen Beweises!, sagte van Gacherens gnädig geränderte Stimme,– ich bemerkte es im lakkierten Flügel!

Wer sind Sie, in Erinnerung zu bringen nach welchen Gesetzen sich und andere?, schrillte sie. Van Gacheren räusperte sich und nahm, während er im Rock´n roll- Schritt rückwärts, eine ehemals Gästeliste auf, verzieht ein Gesicht: – schrille Namen!

Nie sah man Miss Pettersen so begeifert.

Van Gacheren blickte die Blonde an. Busenimplantat, denkt er und setzt die Frage hinterher: Wo lassen Sie spritzen? (– meint sie, ein normaler Etagenkellner würde es nicht riechen?)

Seine Verärgerung verlieh ihm Mut zu einem Runzeln der Stirn, als ob er in einem Unwohlgewordensein, aber noch immer mit erheblichem Gespreiz und rotränderte die Stirnerhirn.

Muß die Unordnung der Jahre hier in Zimmeranlagen bereits befunden sein!, hakte sie ein, auch ist da ein zweiter Punkt: Der Diener. So verwirrt nervös!

Die Dienertheorie!, spuckte van Gacheren heraus, in weniger als fünfzehn Jahren hatten Dutzende von verschiedenen Menschen sie zu benutzen keine Probleme. Einen Cowboy sollten Sie uns schon vorzeigen dürfen!

Ich war am Ende, würgte sie schließlich heraus, mußte klein beilegen, wenn sie sich mit einem Zubringer sehen ließ, wenn sie ungestraft die Erwähnung von Orchideen und Banknoten in verschiedenen Benutzerrollen seit dem wirklichen Selbstmord meiner Schwester!

Es soll da ein Zeitungsgezücht geben, Sie hätten es ihren Polizeimitvorderen beigemengt, zusammengerollte Papierröllchen, Sie wissen schon!, war es nicht so?

Die Idee einer Zumutung! Sehen Sie nicht, wie leer diese Verzierungszeichen sind und wie unwörtlich zu akzeptieren? Das Gästebuch, und zwar ohne Fingerabdrücke, durchgearbeitet mit langen Skriptseiten, doch keine sonstige Hindeutung.

So wäre demnach die Entschuldigung um einiges ungenügend gewesen, meinen Sie nicht? Beschlagnahmt, das und das, jettete er grunzvoll raus, Gerätschaften, Papiere, wütend gedenke ich, alle Fragmente zu exquisieren! Sie mußte genau einen Grund gedacht haben, das Gift vorzubereiten und schließlich einzumischen. Um welchen Gastes zu bedienen?

Meinten Sie, mit dieser Rezeptur Abhilfe zu schaffen?, haben Sie nicht mulmigerweise Handschellengefühle?

Drei Minuten lang wahrscheinlich schreckte sie zusammen. Er hätte geschworen, daß es gegebenenfalls Notwehr war. Wenngleich nun einmal gekommen sind auf der Geheimparty, mulmte sie zurück, – aber die Tagesration Gift schließlich ein jederwer kannte!

Er trat von hinten, ungerechtfertigten Mitgefühls vielleicht, heran. Bitte, keine hastigen Bewegungen!, blickte wie immer er beharrlich zur Erdfläche.

Ein länglicher Diener durchfloß den Raum mit durchlungertem Glanz und verschwand, rückwärtgehend, in der Klarheit der Winternacht.

KRIMINAL-TANKA III
TANKAGESCHICHTEN

Wölfe umheulen das Schloß
der Graf sinnt schweigend
vor seinem Glase.
Er öffnet die Schatulle
nimmt etwas heraus
da preßt die Gräfin schreiend
an ihre Stirn die Hände.

Wölkchen vor zwei Coltläufen.
Getroffen!
sagt der im Ledermantel.
Erledigt!
der mit weißen Gamaschen
dann hört man
wie ein Auto sich entfernt.

Das Ding hast du verschaukelt
trübe Tasse du!
Du warst´s du hast´s verpfiffen
an die Polizei!
dann ballern die Kanonen.
Auf dem Photo zwei Tote
und fünfhundert Mark.

Ängstlich
betritt Giuseppe den Saal.
Scheiße!
unter den Geschwornen sitzt –
mein Gott! –
der Mafia- Boß verdammt
´s íst aus.

Durchs Megaphon scheppert schrill eine Stimme:
Bleib stehn du bist am Ende!
Dann setzt er an – ein traumhafter Sprung – Uwe
da liegt er. Haut und Knochen
wie angeklebt am Boden.

Ein schwarzes Kabel windet sich über den Rasen
des Bankhauses Hood and Sons
verschwindet in Hecken endet in einem Kasten
in der Hand des Mannes ein
Schalter den einer umlegt.

Ich muß ruhig bleiben ich darf mich jetzt nicht rühren.
Schweiß stand auf seinem Körper.
Er spürte dieses nasse Glitschen über die Haut.
Man darf sie nicht erschrecken!
Das wußte auch Vera. Und sie schrie. –

Und was weiter? *)

*)
Er ließ sie einfach sitzen.
Im Urwald.
Schlangen hören nämlich nichts.

Literarisches Quartett
drei Wort- Experten
und ein geladener Gast.
Zuerst Geplänkel
dann Sätze wie aus dem Colt
dann ein Schuß – Schreie –
der Gast war scharf geladen.

Du bist des Todes
elender Schurke!
Dies ist keine Spielerei
mit Zeitungsschnippseln
gleich wirst du´s nicht mehr merken!

Mitten während der Sitzung
geschah es plötzlich
daß der Herr Vorsitzende
getroffen aufschrie.
Der Prozeß wurde vertagt
der Angeklagte
laut Protokoll entlassen.

Siehst du da drüben
im Fenster das Schattenspiel
einen mit Säge
und dem Plastiksack den er
aus dem Zimmer zerrt –
könnte das nicht Don Pedro
der Herr Pastor sein?

Der Patient lächelt
ein gewisser Mölln aus Neuss
Blutkonservenfabrikant
gerissener Typ.
Die Nachtschwester grinst zurück.
Jetzt kriegt er Transfusionen
HIV- verseucht.

Er verehrte sie
liebte sie unaussprechbar
mußte ihr schreiben
heiße Worte. Und schrieb ihr
mit eigner Handschrift
in diesem miesen Thriller
ich liebe dich an den Hals.

Ernst- Friedhelm Bleibgerecht Pressephotograph
kriegt ungebetenen Besuch von dem Brutalo
mit dem er vier fünf Bierchen trank neulich nachts.
Los her mit dem Film sonst kriegste Blei in die Fresse!
Ernst- Friedhelm Bleibgerecht.
Jetzt weiß er auch wie Blei schmeckt.

Die Frau dort im Visier seines Zielfernrohrs
das zittert vor Erregung
weil dort auch ein Mann zu sehen ist erregt
im Arm seiner Geliebten
im Trefferfeld der Flinte.

Im D-Zug London- Paris
fällt ein Schuß. Dann ein Schaffner. Der Killer flieht
Roger ein Doppelagent
in den Klamotten des toten Beamten.
Die Geheimdienste hüllen sich in Schweigen.

Der Spleen des Herrn Kantureit
an Bahnoberleitungen zu hantieren
wurde ihm zum Verhängnis
als aus dem D- Zug von Hamburg nach Berlin
ein voller Geldkoffer geworfen wurde.

Es ist eine alte Geschichte und doch –
so ist sie ganz neu: ein Knabe liebte ein Mädchen
nun gut: – doch die liebt viele andre warum
mußt´sie nur sterben –
                                        ihm brach es das Herze entzwei –
unter ebenso vielen Messerstichen!

Existentielles Kino
manncher kam lebend nicht raus. Tom etwa in
„Toms Ende – ein Film mit Verblüffungseffekt".
Verschollen im Dschungel gab
man die Suche nach ihm auf.

Er war der Retter der Welt
mußte sie befrein notfalls mit Dynamit!
Eine Polizeihündin
stellte sich dem entgegen.
Zum Lohn kriegt sie einen großen Batzen Fleisch.

Auf dem Christkindelmarkt von Frankfurt am Main
nah der Deutschen Bank
gehn Weihnachtsmänner rum mit langen Bärten
und großen Säcken
die sie mit Mandelkern und Peanuts füllen.

Beim Grasmähn sollte man auch
aufs Personal schaun
damit nicht der Fall eintritt
daß man wen ersticht.
Zum Beispiel den Großbauern.
Der mit einer Magd
im Heuhaufen liegt.

War das ein fröhlich Jagen im gräflichen Revier!
Der Adel war versammelt
Minister hohe Herrn und auch der Neffe Arnulf.
Nun wird die Strecke gezählt:
Hirsche Hasen Sauen und ein verröchelnder Graf.

Wenn sie nach Seeboldt fragen
sag den kennst du nicht
verbuddle ihn im Keller
Plastiksack. Dann Zement. Und:
bring Klein- Berti weg!
In der Gangsterzentrale
hört man alles mit.

Das Messer am Hals
an der Kante des Abgrunds
drunten warten Punks
und schwingen Baseballschläger.
Dann muß man aufstehn!
Doch da sind schon die Glatzen
und schwingen Baseballschläger.

Beim Nachbarschaftsfest
fliegen Pommes durch die Luft
und Täubchen halb gar
der Hausherr ist schwer verletzt
ringt mit dem Tode.
War vielleicht was mit dem Grill?
Keiner weiß wirklich Bescheid.

Ton ab die Kamera läuft!
Ein Stunt überfliegt den tödlichen Abgrund.
Kamera stopp! Gestorben
knurrt der Regisseur erbost.
Klappe. Der nächste mit größerem Anlauf!

Kampf der zwei Rivalen auf dem Nürburgring
Crash Qualm dann Rettungswagen.
Ein Auspuff wurde Sieger. Der Zweite grinst.
Das Preisgeld muß er teilen
mit dem Mechaniker vom anderen Stall.

Er zündet ein Streichholz an
die Photographie entflammt.
Er schaut dem aufsteigenden Rauch nach und sinnt –
woanders stirbt jetzt ein Mensch.
Nun wird´s Zeit einem Zeugen zu begegnen.

Sie behaupten also das Syndikat zu kennen
in dessen Auftrag Sie Jonny umgelegt haben?
Der Agent schweigt. Für immer.
In hundert Jahren oder neunundneunzig vielleicht
wird man alles erfahren.

Fünfhundert Mille.
Dienstagabend. Schließfach elf.
Sonst geht der Bundestag hoch!
Zum Kaputtlachen!
gröhlen sie auf dem Revier.
Am Mittwochmorgen
sind sie gescheiter.

Ich hätte ja nichts
gegen giftige Spinnen
auch gar nichts gegen
Mördertaranteln
doch sage mir mein Liebster
– bei aller Liebe –:
weshalb im meinen Kostüm?

Klassentreff: Mensch du wie geht's? –
Karrieren. Erfolge. Familienglück
in all den langen Jahren.
Der alte Chemielehrer lächelte matt
als sie zusammenbrachen.

Gurkengießen
oder: Der vergiftete Kautabak
eine Tanka- Groteske

Sehr gemächlich geht Herr Görk
Görk Karl aus Gummerstetten
in seinen Garten wo das Gemüse wächst
die Gurken will er gießen.
Der Rentner Görk. Kaut auf seinem Kautabak.

Er nimmt sich Zeit Karl Görk aus Gummerstetten
kaut auf seinem Kautabak
will grad mal sehen was die Gurken machen.
Er torkelt wohl ein wenig
schwindlig ist ihm auch zumut.

Zu seinem Garten taumelt der Rentner Karl
sehr besorgt tat seine Frau:
Daß du mir ja den Kautabak nicht vergißt!
hatte sie ihm nachgeschrien.
Und das ist äußerst seltsam.

Es war Ortsgespräch geworden daß Frau Görk
eines Tags zum Kiosk ging
und Kautabak verlangte –:
Was denn- die und Kautabak? das ist absurd
da ist was nicht in Ordnung!

War doch überall bekannt
daß Frau Görk dem Alten seinen Priem nicht gönnt.
Nun das. Auch der Gemeindeamtmann Gürklein
kratzt sich an seiner Glatze:
wenn ihm da nur mal nichts Gräßliches geschieht!

Gleichzeitig ist erwiesen
daß am selben Tag die nämliche Frau Görk
in die Apotheke lief
Unkrautvernichtungsmittel zu besorgen.
Will die denn Gurken vergiften? Oder wen?

Und man erinnert sich was im Hause Görk
für Gemeinheiten fielen:
Überall die Sapperbrüh!
Und wie du stinkst aus deinem dreckigen Maul!
Dann flog auch mal ein Messer.

Er: Wärst du geblieben wo ich dich auflas
auf dem Strich! Und sie darauf:
Weißt wohl nicht mehr wer dich aus dem Knast geholt
und das mit einem Meineid?
Hurenbock hau doch ab zu deinem Flittchen!

Karl Görk will nichts mehr nur noch Gurken gießen
schleppt sich in seinen Garten. Der Kautabak
nein er schmeckt ihm nicht so recht
bleibt da mal stehn um Luft zu schnappen und dort
sich an sein Herz zu greifen.

Nun kriegt er auch noch Darm- und Magenkrämpfe!
jetzt müßt er doch zum Amtmann Gürklein gehen
oder ins Kreiskrankenhaus!
Ist das so wichtig Gurken heut zu gießen?
Karl Görk geht torkelnd weiter.

Kautabak- und Gurkenfreund
Rentner Karl gleich ist's um dich geschehen! – Da
liegt er in den ungegossenen Gurken
Karl Görk aus Gummerstetten
kaut keinen Kautabak mehr.

Eine sonderbare Festnahme

Gott zum Gruß auch, guter Mann, und laßt´s Euch nicht verdrießen, daß ich Euch aufhalt kurz, ich mach das wett, – nehmt mich beim Wort! Hört an: Da just ich hinter Euch so herfahr durch die Au zu später Abendzeit, potzblitz! – was seh ich da? – Wo sonst der Lichtlein zween an jedem Fahrzeugheck, nehm ich bei Euch nur eins gewahr, denk nach und fand: das muß ich allsogleich dem Guten überbringen, er könnt ansonst, gar bald vielleicht, – was Gott verhüt! – das Opfer eines Unfalls sein. Nein, nein, nein, das darf nicht sein, ruf ich mir zu und wollt an Euch vorbei, auf daß ich meine Kelle hebe, (dies lästig Ding da, habs nicht gern) und konnts doch nit, da Ihr mir gar zu schnell davonfuhrt!

Ein flinks Modell, das Ihr da lenkt und schmuck fürwahr, wohl Sonderklasse, ei, was sag ich da? – Top-Luxusfabrikat! Zweihundert Sachen in der Stund macht es gewiß, und locker mehr. Laßt kurz nur zu, ich bitt, daß für ein Kleines nur ich abschweif, verzeiht, muß von Banalem reden: Ihr saht nicht dorten ein gewisses Schild mit einer Fünf und einer Null?, peinlich mir, zu sagen dies, als stünd mirs zu, Euch zu belehren. Er muß es übersehen haben, dacht ich bei mir, vielleicht muß er nach Haus, – ich kenn mich aus in solchen Sachen, meiner Treu, die Frau wird mit dem Essen warten, die Kinder brauchen Hilfe bei der Hausarbeit – und schalt das Blaulicht an, laß auch dem Tuten dieses dummen Dings da freien Lauf, auf daß Ihr mich vernehmet in der Fern.

Nun ja, da bin ich, hocherfreut, Euch wohlbehalten anzutreffen, beschämt zur gleichen Stund, nach den

Papieren Euch zu fragen. So war die Order halt, die man an mich gerichtet. Fahrerlaubnis, ein gar schnödes Wort, – nicht wen´ger schnöd das andre, das besagt, obs rechtens sei, daß das und jenes Fahrzeug auf der Straße sich bewege. Man greift sich an den Kopf, Ihr sicher auch, und schüttelt ihn dazu: vergessen wohl, vielleicht verlegt, Ihr glaubt bestimmt nicht, wieviele Mal schon mirs passiert ist, traun fürwahr, ein läst´ger Brauch, wir lassen ihn auf sich beruhn für heut.

Ei, was nicht gar!, wollt grade mich entfernen, Euch einen guten Abend wünschend, da fällt von ohngefähr mein Blick, – nun bin ich aber baß erstaunt! – auf Euer offnes Handschuhfach, und was, (ich sag es voll Entzücken!) krieg ich da zu sehn? Ein herrliches Pistol! Es ist doch echt?, so hoffe ich. Verzeiht, das muß ich näher sehn, muß es in meinen Händen halten, ich bin Experte, müßt Ihr wissen und ganz vernarrt in solches Zeug, – ooch, eine Mauser! wunderschöne Waffe, und die schlägt durch, padauz!! Geladen ist sie auch noch. Und entsichert gar!!, Ihr seid ein Donnerkerl, Respekt. (Im Magazin fehlt eine Kugel, nebenbei, Ihr solltet das in Ordnung bringen, wenn ich so frei sein darf, Euch einen Rat zu geben.) Na- na, nun bleibt doch sitzen, ich wüßte nicht, weshalb Ihr gehen wollt, dazu in dunkler Nacht, die itz herangebrochen ist, das wär mir gar nicht recht.

Nun wär ich aber fast erschreckt. Das war mir nicht bekannt, daß man in Luxuslimousinen auch Leichen transportiert! Die Sitte kenn ich nicht, glaubt immerfort daran, daß man ein solch Transportgut Bestattungsunternehmen anvertraut, weiß noch sehr gut, wie´s war, als meine Tante starb. Da kam sogar ein Pferdewagen an mit blankgestrehlten Rappen und übrigens: wenn dieser Euer Onkel war: der starb an einem Loch im Kopf, das kann man deutlich sehen.

Ei nun, sieh einer an, das Erbstück ist auch schon dabei, s´ist kaum zu übersehn, ein braver Mensch, der so an Euch gedacht. Wieviele seiner Jahre hat er wohl zugebracht, ein solch Vermögen zu ersparen, ein ganzes Leben lang, vermut ich mal. Scheine, lose und gebündelt, kofferweise, wie ich seh und das hier, – was nicht gar!- das scheint mir Gold zu sein, – wieviele Barren mögen´s sein?, sehr viele jedenfalls,- und das da Diamanten, dem Funkeln nach zu schließen, ich denk, unschicklich ist es nicht, zum Beileid, welches tief empfunden, Euch Glück zu wünschen, ohne Neid.

Seht, ich halt Wort: muß weiter nun, – und Ihr wohl auch, – lebt wohl! – doch halt! da fiel mir eben ein, nun ja, es bleibt ein fader Beigeschmack mir auf der Lippe stehn, doch sag ich´s frei heraus: hatt immer schon den Wunsch, einmal in einem Fahrzeug so wie Ihr es Euer eigen nennt, ein Stückchen mitzufahren. Was hindert uns daran, gemeinsam durch die Nacht zu brausen? – nichts, sag ich, nichts, Ihr setzt Euch ans Volant der Luxuslimousine, ich mach mirs hinter Euch bequem, setz Euer Einverständnis kühn voraus. Was mich angeht, so wär mirs recht, mit Euch das eine oder andre Wort zu wechseln, hätt auch genügend Zeit, die schöne Mausser in der Hand zu wiegen, die – meiner Treu! – noch immer scharf geladen und entsichert ist. Doch ach, ich merk: Euch ist das gar nicht recht, Ihr trauert um den toten Onkel noch, weiß Gott! ich kann das gut verstehn! Als meine liebe Tante starb, da war mir auch nicht zum Spazierenfahrn zumut. Ich mach Euch einen

Vorschlag drum: Da vorne biegt ein Waldweg ab, fahrt einfach rechts hinein. Ich laß Euch dort mit Eurem toten Anverwandten für kurze Zeit allein, derweil ich eine schnelle Runde durch die Landschaft dreh.